KB274754

별

—너무도 쓰리고 아름다운
그저 멍멍한 시간

별

강우식 시집

초판 인쇄 | 2008년 3월 25일
초판 발행 | 2008년 3월 30일

지은이 | 강우식
펴낸이 | 신현운
펴는곳 | 연인M&B
디자인 | 이희정
기 획 | 여인화
등 록 | 2000년 3월 7일 제2-3037호
주 소 | 143-874 서울특별시 광진구 자양동 680-25호 (2층)
전 화 | (02) 455-3987, 3437-5975   팩스 | (02) 3437-5975
홈주소 | www.yeoninmb.co.kr
이메일 | yeonin7@hanmail.net

값 7,000원

저자와의 협의에 의하여 인지는 생략합니다.
ⓒ 강우식 2008 Printed in Korea

ISBN 89-89154-96-9 03810

이 책은 연인M&B가 저작권자와의 계약에 따라 발행한 것이므로 본사의 허락 없이는
어떠한 형태나 수단으로도 이 책의 내용을 이용하지 못합니다.
    잘못된 책은 바꾸어 드립니다.

별

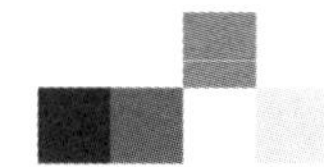

─너무도 쓰리고 아름다운
그저 멍멍한 시간

강우식 老人詩記 연작시집

연인 M&B

후기 같은 머리말을 쓴다.

늙은이가 되어 사는 하루하루가 즐겁다. 살맛이 난다는 얘기다. 우리에게 있어서 인간이 인간답게 살 수 있는 가장 근본적인 절대가치는 생명에 대한 문제다. 생명이 없으면 모든 것들이 순식간에 소멸되기 때문이다. 어린애처럼 말한다면 늙는다는 것은 고맙게도 그만큼 생명의 명줄이 길어진 것이요 그러므로 늙는다는 것은 일찍 이승을 하직한 사람보다 더 생명의 가치를 누린다는 의미가 된다. 아직도 죽지 않고 이 세상에 존재해 있다는 늙어감의 눈물겨운 행복이다.

한국시단에는 노인시를 쓰는 시인이 없다. 노인시를 쓰면 늙는다고 생각해선지 아니면 다른 쓸 시도 많은 데 하필 냄새나는 노인시여서인지 시인들은 이 대열에서 늘 한 발 비켜간다.

내 나이 50대 중반 무렵에 노인문제에 관심을 갖고 미약하나마 한국 최초로 '老人日記' 연작을 시작하였다. 왜냐하면 우리 시에서 간혹 보이는 노인을 소재로 한 시라는 것이 고작해야 손자나 돌보며 만년을 행복하게 산다는 천편일률적인 것이 아니면 고독이나 죽음의 문제가 간간이 보일 정도라는 생각이 들어서였다. 이런 시들을 읽을 때마다 느끼는 것은 노인시가 어쩌면 이리도 시맛이 없냐는 식상함이었다.

내가 노인시 연작을 쓰게 된 것은 이제 우리 시에서도 시기적으로 노인문제가 좀더 일상적이요 광범위할 필요가 있다는 절실함이 가슴에 다가왔기 때문이었다. 그래서 노인시를 쓰기 시작하였다. 연작시로 한 16회쯤 썼을 무렵부터 가까운 많은 시인들이 고맙게도 관심을 보이기 시작하였다.

그 관심의 대부분은 아직 나이에 비해 노인이 되려면 먼 사람이 늙은이 흉내를 내며 같잖게 노인시를 쓰는 것이 주제넘다는 것이요 다음은 '노인일기' 같은 연작을 쓰면 우습게도 일찍 죽을 수도 있다는 충고 아닌 충고였다. 그래서 나는 지인들이 조언을 기꺼이 받아들여 후일을 기약하며 쓰던 연작을 중단하였다. 그 대신에 평소에 노인문제에 대해 관심을 갖고 생활하며 시적 소재들은 꾸준히 메모해 두기로 했다. 세월이 지나 실제로 노년기에 들어서 쓰면 더 실감날 수도 있겠다는 욕심에서였다.

그런데 다시 노인시를 쓰려고 메모된 것들을 들여다보니 다 죽어 있었다. 메모된 소재들이 시적 감흥을 전혀 일으키지 않았다. 릴케의 '말테의 수기' 나 '문학을 지망하는 청년에게' 에

나오는 하나의 소재가 시가 되기까지의 이야기도 나에게는 말짱 헛것이었다. 한 개의 떫은 감이 잘 익은 홍시가 되어 떨어지는 과정도 개인의 시적 리듬에 따라 다르다는 것을 알았다.

사람마다 다르겠지만 나에게 있어서 늙음의 기준이 무엇이냐 하면 나름대로 65세 정년 이후부터라고 정하였다. 이제 나는 겨우 '노년기' 2년차인 새내기다. 노년기에 접어들면서 개인적으로는 그동안 써왔던 '水兄'이라는 호부터 '老平'으로 바꾸었다. 또 작품도 '노인일기'에서 '老人詩記'로 바꾸었다. 시집을 내면서 노인시에 대해 보다 분명히 해두고 싶어서였다.

'노인시기'는 대강 두 가지 개념이 있는데 하나는 '노인이 되어 시를 쓰다'라는 연령적인 것이요 다른 하나는 '노인을 대상으로 하는 모든 것을 시로 만든다'는 의미로 보면 된다. 물론 내 시는 이 두 가지를 아우르는 것이지만 '노인시기'로 바꾼 것은 '노인일기' 하면 개인적으로 어딘지 모르게 좀 시적 긴장감이 떨어진다는 느낌이 들어서였다. 일기하면 우선 판에 박은 듯한 생각이 들뿐 아니라 산문적인 냄새가 나서 싫었다. 그런데 '노인시기' 하면 글자풀이도 '노인시를 적는다' 정도가 되어 노인시에 대한 초점이 보다 분명해지는 점이 있고 뿐더러 소재 면에서도 노인문제에 대해 광범위하게 포괄하는 뜻이 있기 때문이다.

몸도 시도 그 방향을 조금 틀고 나도 명실공히 노인의 대열에 접어들었다 보고 작년 한 해 동안 '노인시기'를 열심히 쓰고 발표했다. 그리고 이제 한 권의 시집으로 세상에 내보낸다.

　가만히 시로 살아온 지난 세월을 돌이켜보니 초기의 사행시도 형식면에서 연작시의 형태를 띠었었고 최근의 '바보산수 가을 봄'까지 연작시의 형태였다. 이렇게 내 작품은 한 시기마다의 단절이 아니라 하나의 독립된 세계를 이루면서도 내 인생과 마찬가지로 끊이지 않는 숨결의 연장선상에 있었다는 일관성의 긍정을 가져 본다.

　시집에 실린 시들이 노인에 대해 지나치게 개인적인 편향으로 흐르지 아니 하였나 라는 아쉬움이 있다. 그렇다고 오늘날 노인들이 겪고 있는 현실적인 문제들을 다루자고 하니 너무 뻔한 것이 되어서 재미가 없었다. 이 문제는 고민거리로 시일을 두고 깊이 생각해 볼 일이다. 이 시집이 노인시에 대한 조그마한 초석이 되었으면 좋겠다는 바람을 가져 본다.

2008년 무자년 정초에
노평시실 주인 강우식이 몇 자 쓰다

| 차례 |

| 해설 |

별

—老人詩記 연작시집

근일

수신인 없는 집 앞에
흩어진 편지처럼
목련 꽃잎은 떨어져 있고

봄이 오면 둘이 만나
바둑 한판을 두자던 약속도
해묵어 버렸다.

어제는 친구의
부고를 받았으나
신경통이 도져
문밖을 나설 수도 없었다.

바깥세상에서는
봄바람에 꽃이 핀다고 진다고
들끓고 있으나

같이 손잡고 구경 갈
마누라도 없으니
마음은 그저 캄캄할 뿐이다.

장모상

  장모 박 아무개 여사는 91세까지 살다가 돌아가셨다. 외아들
도 시집간 딸들도 나름대로 모시지 못한 까닭이 있겠지만 나는
장모의 죽음을 자살이라고 본다. 불효스럽게도 딸들은 어머니
를 뵈올 때마다 이제 살만큼 살았으니 한 발 먼저 간 아버님 곁
으로 가시라고 틈만 있으면 권유했고 마침내 장모는 단식 아닌
단식 끝에 체중이 25kg로 줄어 그만 쓰러지고 말았다. 살아 있
는 유일한 즐거움인 일일 저녁 드라마 ‘미우나 고우나’의 끝도
못 보고 말았다. 혼자 사는 외로움의 그 지독한 깊이를 누가 헤
일 수 있으랴. 나는 입관시 미이라 같은 그 몸뚱어리가 고독으
로 찌들고 인이 박혀 있음을 똑똑히 보았다.

  장례 후 장모의 방에는
  누가 먹으라는 것인지 정성스레 담근
  노오란 모과주가
  장롱 속에 한 병 있었다.

파고다공원의 하루

공원 밖만 시끄럽게
한세상 돌아가는 것이 아니다.
젊음은 주소도 없이 흘러가버리고
인생은 어딜 가나 쉰내를 풀풀 풍겨도
어슷비슷한 사람끼리 부딪치는
이곳에 오면 시간 사이로 걸어 다니는
이들의 모습이 한가롭다.
한 생애를 마감할 시간이
얼마 남지 않았다고 한탄하는 사람은 없다.
남겨진 시간을 죽이기 위하여
때우기 위하여 어떤 이는
김대중도 노인이니까
김대중이 대통령이 되면 노인천국이 된다는
김대중, 김대중, 김대중 유세로
자기 시간을 쓰고
점심때에는 어느 종교단체의
무료급식소에서 끼니를 잇고
자판기의 커피 한 잔의 시간을 빼먹기도 한다.
뿐만 아니다.
아침부터 저녁까지
몇 개비의 담배 속에서 무료한 시간을 버리던
노인 중에는
다정한 부부인 양 연인인 양 손잡고
몸 파는 계집과

값싼 여인숙으로 가는 이들도 있다.
내일도 남은 시간을 쓰기 위하여
이곳에서는 한세상이 열릴 것이다.

목도장

내 서랍에는
죽은 사람의 이름이 새겨진
목도장 2개가 있다.

하나는 한 10년 전에
정년퇴직하신 스승께서 맡기시며
학과에 혹시 쓰실 일이 있으시면…

다른 하나는
나보다 한 10여 년 선배이셨던 분이
중도에 작파하였던 학업을 이으시며
역시 도장 찍으실 일이 있으시면… 하고
건네었던 것이다.

스승의 도장에서는
정년퇴직하시고도 예술원 회원이니
대학원 강의니 일체 사양하시고 사신
깨끗한 인품이 떠오르고

또 하나의 것에서는
끝내 암으로 졸업치 못하고 이승을 뜬
아쉬운 슬픔이 앞을 가린다.

주인에게 돌려줄 수도 없고

어디에 버려도 나무랄 사람 없는
2개의 木도장에
나는 가끔씩 目도장하며

늙마에 이 세상 뜰 채비를
어떻게 해야 할 것인가를
배우고 있다.

사자자리 유성우

손녀 딸년을 깨워서는
스커트 가득 별을 담아주겠다고
새벽 밤하늘에 섰다.

(할아버지 생애에 마지막 보는
별잔치라는 말이 먹혀들었던지,
우리나라는 무슨무슨 스포츠중계라면
악을 쓰고 먼 바다 건너 가서도
중계를 하면서
방송사들은 이 거대한 자연의 쇼는
깔아뭉개고 마는
시간을 쓸 줄 모르는 사람들이라는
대목이 감동을 주었던지
아니면 할아버지가 별구경 혼자하시기
적적하시니 그러시겠지 생각했던지)

하지만 영하 3도의 하늘 아래서
손녀 딸년의 종아리가 얼도록 본 것이라고는
평범한 하늘에서도
너끈히 볼 수 있는 별똥별 하나뿐이었다.

내 사랑스런 손녀야
마음속 해 주고 싶은 말들을 다 접고서
영 미안한 할아버지가 되어

집으로 들어온 속뜻을 짚을 날이 있었으면 한다.

늬가 살아가는 세월 속에서
한 송이 꽃 보고 미소 짓듯이
왜 할아버지가
그때 스커트 가득 별들을 담아주려고 했는지
어느 시각 자연스레 깨닫는
아름다운 여자가 되었으면 한다.

겨울 금강산

꿈이 없어도
이제 내 배는 금강산에 간다.

통천을 지나 펼쳐지는
만물상이나 구경하려고
수많은 사람들이 온 게 아니다.

산기슭 돌며 흙 한 덩이 쥐고
내 고향 흙입니다.
아이구 아버지, 아이구 아버지
그냥 목 놓아 통곡하는 70세의 할아버지.

구룡폭포에서 바위에 붙은
고드름 하나 꺾어 쥐고
어릴 때 먹던 그대로라고
배탈도 대수냐는 둥
으석으석 씹는 할머니.

태어난 마을 온정리를 지나면서도
내릴 수 없어
안타까이 발을 동동 굴려야 하지만

그저 발 벗고도
와 보고

저고리 벗고도 와 볼 수 있는
내 산인데
이것저것
더욱 아쉬운 노인이지만,

그래도 열린 뱃길
조국의 강산이란 이런 것인가
금강산이 있어 남북의 문이 열렸으니
마음은 세월의 묵은 앙금도
다 녹일 듯하다.

유언

결혼 30주년 기념이라고
에메랄드 반지 귀걸이 세트를
아내에게 사줬다.

1백 몇 십만 원 짜리라
카드로 1년 몇 개월인가
자동이체하는 것이었다.

시집을 앞둔 딸이
아내의 보석이 탐났던지
엄마 이거 나중에 누구 줄 거야
나 줄 거지 그렇지 응

엄마 죽으면
새언니보다 자기가 갖겠다는
심보다.

나 이거 죽으면
아무도 안 주고 관 속에 넣어달라고
유언을 남길란다.

아내는 뭔가 섭섭했던지
모질게 대꾸했다.

비밀통장

사람도 늙으면 기계와 같아서
여기저기 고장이 나게 마련이라고
안사람은 체념 섞인 투로 자주 말하고

바깥양반인 이 사람은
온몸의 기름기란 기름기는 다 빠진
마른 쑥부쟁이 되었다고 한탄한다.

그러면서도 잠자리에 들 시간이면
다른 짓은 안 해도, 세상없어도
눈가의 잔주름을 펴려고 화장하는
불쌍한 여자와

죽어서도 마른 쑥부쟁이나 되어
황토 사우나 벽에 걸리어
알몸으로 땀 빼는 여자들 사처나 흘낏거리며
나날이 오늘이소서 낄낄대고 싶은 남자와

둘이서 이런 일들을
무슨 소중한 일상이라고
서로가 모르게 간직한 꿈이며
자유, 자유라고 아니 비밀통장이라고
감추고 살고 있다.

부에나 비스타 소셜 클럽

문을 열고나선 골목길 한켠에는
폐차된 지 오래인 시보레 한 대가 있고
늙은이 몇이서 노래를 부르며 길을 따라
바다로 간다.

야자수 그늘 아래서
사랑하는 여자의 등을 어루만지며
휘파람을 불던 옛날이 있는
바다로 간다.

낡고 허름한 바에 들러
노래를 부르며 살아온 인생에도
정은 때처럼 끼어 아름답고

아바나 항구의 불빛도
트럼펫 소리로 흐르는 밤이면
뱃고동 소리도 따라 운다.

항구여 항구여
카스트로여 카스트로여
그대들은 노래를 모른다고
손 젓지는 못하리라.

늙은 입술로 휘익 휘이익 바람을 부르는

코발트빛 바람을 부르는
부도 명예도 없는 사랑이
아직도 그들에겐 피처럼 돌고 돈다.

나이도 잊고 손바닥 치고
발장단 맞추는 탱고의
바다 같은 물결이 있다.

늙은이들이 모여서 하는 것은
무엇이나 아름다운
하나님의 축복 같은 클럽이 있다.

비아그라, 비아그라

비아그라가 무슨 구세주인 양
온 나라가 키득거리던 날
미국에 사는 친구가
선물로 그걸 한두 알 갖다 줬다.

비아그라, 비아그라

내가 누구냐
정력제라면 물불을 못 가리는
대한국인이 아니냐.

심장마비건 국가마비건
통째 한 알을 다 삼키고
늪 속 깊이 침몰한다. 침몰한다.

늪에서 피를 빨아먹는
거머리들이
꿈틀거린다. 꿈틀, 꿈틀
꿈의 틀을 만들어간다.

얼마나 허기졌던 아가리냐
얼마나 죄를 닫았던
지옥문이냐.

한번의 열락을 위해
살아야 할 늙은 나날을 다 투자했던 날
나는 슬프게도 불타는 로마의 하늘과
네로 황제의 얼굴을 떠올리고 있었다.

어떤 재혼

태풍이 북상하는 여름바다에
한 여자가 튜브를 타고
파도를 하찮게 희롱하고 있었다.

물이 무서운 남편은
불안한 눈빛으로 보다, 보다 못해
파도의 손짓으로 여자를 끌어당겼다.

파도도, 남편의 시늉이 우습게 보였던지
꼬르륵 깔 까~알 깔 꼬르륵대던
그녀는 튜브를 놓치고
순간 익사의 신세로 흘러가고 있었다.

사랑하는 물굽이를 사랑하아는으로
한 굽이 넘고 사랑하아는으로 헤치면서
사랑을 위해 남편은 죽고
아내는 살았다.

삼 년 후
재혼한 남편이 좋아서인지 여자는
해수욕장 근처에 얼씬거리지 않았다.

5미터 거리

마누라 늙은 젖도
이 자연 속에서 만져 보니
흙 냄새가 난다.

파릇한 초록 잎 트듯
어린 자식들 키우던 싱그런
봄 냄새가 난다.

할 수는 없고
할 힘도 없는 나이에 고작
할 일이라고 만지고 쓰다듬는 짓뿐

할머니 젖통도 만질만하네
지나가는 소리로 한마디 지껄였더니
할머니 소리가 섭섭했던지
이 짓도 싫다고 5미터 거리란다.
5미터란 그 뒤부터 기준도 없이
안방에서건, 거실에서건 어디서든지
걸핏하면 꺼내는
내가 지켜야 될 마누라와의
저만큼이다.

남한강에서

남한강에서 건져 올린
메기탕을 먹는다.

메기들이 꿈틀꿈틀 살아서
맛이 살아서
내장 속으로 미끄러진다.
그중에 더러는 내 썩은 이빨과
이빨 사이에 낀다.

맛있는 식사 후에
이빨 사이를 한가롭게 판다는 것은
행복이다.

그 행복한 이빨 사이로
남한강 물이 흐르고 있다.
강줄기를 따라
문경새재 도립공원엘 간다.

산세가 너무나도 좋은 그곳에는
드라마 '태조 왕건'의 세트장이 있다.

진짜처럼 만든 과거가 웅장하다.
수천 명의 관객들이 사진을 찍는다.
가짜 앞에서 진짜 사람들이

사진을 찍으며 하나같이 천진스럽다.
가짜로 만드는 추억이
때로는 인생이 되고 즐거움이 된다.
그러나 걱정할 일들은 아니다.

돌아 나오면서 무심히 눈 주게 되는
계곡의 일급수에서는 피라미들의
아름다운 몸놀림도 볼 수 있어서
우리 마음도 어느새 그와 같이 되기 때문이다.

돈황

사막의 달을 밟고 가는
낙타의 발자국 끝에
돈황이 있다.

명사산은
벌거숭이로 가진 살갗을 태우며
타클라마칸의 뜨거운 허무를 안고
명상에 들어갔다.

흑판에 쓴 흰 글씨를 지우듯이
쓰윽쓰윽~
해 그림자를 없애는
신비한 고요.

천년의 허무와 고요를 파들어 간
석실에는 세월의 업보로
얼룩져 있는 내 인생 같은
老佛들도 있었다.

망명 러시아 군인들이
여기 와 머물며
매캐하게 남긴 그을음 같은
설움들도 부처님께 붙어 있었다.

아
이 몸 늙어 바스라져
백골의 흰 가루가 되어야
명사산의 모래처럼 울 수 있을까.

울면서
부처님 무릎에 갈 수 있을까.

명사산

어떤 여배우는 예까지 와서
타클라마칸 사막의 구릉을 닮은
궁둥이를 발기고
뜨겁게 사진을 찍었다.

생발톱이 빠지도록
타박타박 낙타걸음으로 이어져 온
실크로드여, 지금은
고행도 누드 사진이다.

주먹만한 다이아몬드의
꽃비가 내린다 한들 숨이 막혀서
어이 이 땅을 다시 밟겠느냐.

모래가 운다. 늙은이처럼 운다.

모래들이 모여서
밤새 울면서 울음의 산을 만들고
깎아지른 절벽의 막고굴은 울음을
죄처럼 업고 산다.

모래가 우는데
어이 사람이 눈물조차 없을소냐.

눈물 속에 들어가 절을 짓고
문진의 보살상 하나 잘 다듬어
마음을 누르려 하였으나

마른 혓바닥으로
모래알 쓸리어 가듯 우는
저 산울음 소리로는

이 세상 풀잎 하나도 적시지 못함을
나는 안다.
업보다. 그러면서도 서역 하늘 전체가
천년을 두고 나처럼 늙는다.

앙코르와트

킬링필드는 아득한데
손바닥에 시뻘건 피를 묻힌
달 하나가 떴다.

정글 속 사원들은
거대한 숲이었다. 숲은
사원과 하나인 원시였다.

나무들은 살아 있는
돌이었다. 사원의 돌과 돌 사이를 비집고
하늘로 솟구쳤다.

돌의 위대한 문신들…
불로 구워낸 각인들이
꿈인 듯 살아서 꿈틀댔다.

한 왕조의 역사는
종교와 같이 살아 있음을
수많은 돌의 흔적들은 노래했다.
그것들은 늙어 있었다.
늙어서도 옛날과 같았다.

얼굴사원은
돌이 얼굴임을 중언했다.

돌은 천년 살은 왕이자
사원임을 말해 줬다.

살생부에는 누군가
달처럼 도장을 찍었던 공포가
숲을 지배하고 있었다.

숲과 사원에 깃든
무언가 거대한 힘과 신비가
불가사의를 이루고 있었다.

염색

1.

　탄저균 분말의 흰 눈이 내린다. 보잉 747기가 쌍둥이 빌딩으로 들어간다. 쌍둥이 빌딩도 보잉 747기도 불이 된다. 빌딩은 비행장도 격납고도 아니다. 6천 명의 인명이 사라진 뒤에는 6만 명도 넘는 생명이 있을 것이다. 그리고 돌림병처럼 탄저균 분말이 나돌았다. 세계가 하얗게 숨을 삼킨다. 마약 밀매범들은 흰 가루를 팔 수 없어 굴뚝 뒤에 숨고 중독된 사람들은 탄저의 분말 같은 출처가 없는 비밀에 희열한다. 흰색의 공포는 탄저균 분말도 마약가루도 눈송이들도 모두 같은 색깔이라는 데 있다.

2.

눈은 내리는데
삼각지 로터리 평양 곱창집 석쇠에서는
곱창들이 뒤틀려 타며
인육 냄새를 풍긴다.
술꾼들의 잔인한 무의식이 그곳에 있다.
한 여자가 머리에 흰 눈을 털면서 들어온다.
백발이었는데 순식간에 젊음으로 돌아간다.
노오란 실국화의 머리올이 드러난다.

부분 염색을 넘어 전체 염색인데도
나의 감정은 구토를 모른다.
어느새 나도 염색된 백성이기 때문이다.

잠시 나는 한잔 술에 취해
탄저균이 아닌 희망을 보낼 우체국을 떠올린다.
자연에는 우체국이 없다.
몇 천만 대의 에어컨에서 강풍을 보내듯
눈보라가 휩쓴다.
나는 이제 그 무엇도 두렵지 않도록 늙고
슬프게도 마음마저 동상 들고
염색될 것이다.

모과 향기

폭락한 증권거래소의 폐장 같은
가을의 끝에서 살아난
노오란 모과 바구니를 한 소녀가
가져왔다.

그 속에는 무심인 듯한
칠흑의 머리카락
몇 올도 함께 와 있었다.

정갈치 못하기는…
나는 나무라는 마음보다
향기에 더 끌렸다.

잠 아니 오는 긴긴 겨울밤을
은은한 모과향기에 젖어 지새는
행복이여

어떤 밤에는
모과향기가 그녀의 머리카락을 타고
흐르는 것 같은
유혹에 빠지기도 했다.

남몰래 아름다웠던
무슨 죄처럼 전율조차 일었었던

아쉬움의 세월도 가고

까마득히 잊혀진 어느 날
한 중년 부인이
모과 바구니를 들고 찾아왔다.

바구니 속에는 새삼 잊고 살았던
옛날이 향기로 피어나
늙음을 괴롭히고 있었다.

봄바람

사랑하던 사람끼리
기인 긴 입맞춤의 숨결까지도
다 증발해버릴 것 같은
바람이다.

고향 바다의
크낙한 물기둥이 뿌리째 뽑혀서
천천만만의 벼랑으로
물컹물컹 내려앉은 바람이다.

옛날에
출애굽기의 갈라진 바닷길 같은
둑을, 그 길의 끝에 있을
미래를 그리며
나는 한 소녀와 걸은 적이 있었다.

그때 바람 속에서
그토록 취하여 불렀던
내 노래들은 다 어디로 갔을까.

그녀 마음처럼 젖어 떨던
달맞이꽃들의 향기는
다 어디로 바람이 되어 흘렀을까.

50년의 세월 속에
그 소녀도 나의 뜨거운 말마디들도
모두모두 까맣게 지웠다 생각했지만
또다시 안 잊히는 건 봄바람이다.
많은 여자 중에 고향 여자다.

갈매기 소리로
그녀의 긴 머리카락을
휘익 휘이익 말아 올리던 봄바람의
희열이다.

바람보다 더 생생하던
바람의 감각이다.

시래기를 삶으며

아내는 김장을 하면서
남은 채소들을 모아 엮어
아파트 베란다에 매달았다.

시래기 타래들이 20층
허공에 있는 것이 신기해선지
겨울 햇살도 씨익 웃다 가고
바람도 장난꾸러기처럼
그 몸 전체를 마구 뒤흔들었다.

오늘은 고요히 눈이 내리고
왠지 어릴 때 어머니가 끓여주던
시래국 생각이 간절하여

배추 잎, 무청들을
푹 삶아서 푸르게 살아난
잎새들의 겉껍질을 벗긴다.

겨울 해는 내 인생처럼
짧기만 한데
나이 들수록 돌아가고픈
옛날이 있다.

중풍

찬바람이 옷깃을 스며도
스러지는 나이는
마르는 풀잎인가.

누구누구가 쓰러졌다고
자고 일어나면 들리는 소문들도
부고 같았다.

가을 하늘을 쳐다만 봐도
여린 코스모스처럼 휘어져서
피잉 눈물이 도는 나이.

이 땅의 산들도
지체 장애자의 이웃 같거나
곱사등의 사촌 같아서
때로는 친애롭거니.

모두가
한통속이 되고 싶은
아픔을 아시는가.

이쯤에서 풍 맞아도 되겠다고
너그럽게 마음먹어 본다.

한세상 살다가는

한세상 살다가는 거
산수유 꽃 피듯이, 아니
핀 꽃 어느새 이울어 자연으로
바람이 안고 가듯이

사랑하는 이여,
그대의 따뜻한 손을 놓더라도
아주 서운치는 말고
닫힌 창문을 열어 하늘이라도
보여주었으면 하네.

살아서 자주 눈 줄 틈 없었던
저 공활한 하늘을 향해
내 한세상 가졌던 거 다 비우며
한없이 푸르게 증발하고 싶네.

임종의 등불은 무겁고 찰지라도
이승에서의 하루는
담이 있어야
삶의 의미가 있는 담쟁이처럼
이제는 너무 붙어 아등거리지 않으려네.

한 오리 미역줄기같이
바위에 붙어

바위거니 여겼던 목숨의 미련도
파도에 쓸리어 낯선 해변에 닿을지라도
순리대로 가벼이 살고 싶네.

한세상 살다가는 거
마른 풀숲을 휩쓸고 지나는
바람처럼 호올로 떠나는 길손 되어
늘 기다려 온 죽음을
겸손히 맞고 싶네.

은하수

갑자기

아카시아 꽃향기가

안개처럼

번졌다.

내 아내 1

서산에 떨어지는
해 같은 인생길.

지기 전에 파도소리나
한번 더 듣자고

아내 손잡아 끌어 온
서귀포.

새벽마다 정안수 떠 놓고
빌어 본 적 없어도

있는 듯 없는 듯 내 곁에 살아준
세월이 고마워서

어쩜 그리 바보처럼 살았누
한마디에

내가 바보니까
당신 인생 편했잖아요.

그토록 기다려 온 난초가
왜 이 대목에서 벙그는지를
나는 아나니.

내 아내 2

하늘이 순리로는
개천 다음에 開雲쯤으로 셈 놓는
청년학도와의 데이트에서
소녀는 졸업 금반지를 잃어버렸다.
칠흑의 밤이
찬란한 금빛을 삼켜버렸다.
소녀는 그 서운한 마음을
돌이켜서는
몸 전체로 청년학도에게 다가와서
운명의 금반지가 되어버렸다.
60년대의
부도덕한 야외 정사라기보다는
부처님 앞에서의
은밀한 흔적이라면 어떨까.
수직이었던 남녀가 수평이 되어 눕고
어느새 슬그머니 이어져서 원을 만들고
고리를 지었으니
반지이긴 반지여서
묶이고 묶이어 사글세방도 좋아라
노천 풀밭도 그저 좋아라
겁도 없이 신접살림이 시작되었다.
그리고 각시도 이제 안방에 들어앉혔으니
세상을 얻은 듯
술만 먹고 들어오면 제일강산인

사내 곁에서, 이제까지
숱한 인고의 세월을 살아왔다.

—박꽃 같다.

염소에게 라며 편지가
—희선에게

염소에게 라며
금방이라도 엽서 한 장이
날아들 것 같은
친구가 떠오른다.

동대문 근처
전동차 종점이 있던 골목에서
60년대의 찌든 때와 더불어 자취 밥
한술이라도 같이 먹자던
'황색 눈동자' 의
시인이 떠오른다.

세월은 많이 변하고
망각의 시간은 끝없이 흘렀어도
삶의 개 같은 일상에서
들녘에서 부는 휘파람 소리처럼
그의 이름이 떠오른다.

삶이 무엇이기에 우리는
40년의 세월이 넘도록 무슨
이산가족 사연처럼
얼굴 한번 못 보았을까.

편지로만 주고받았던

그의 시집의 해설과 자식들의 혼사 소식
이리도 가슴이 어느새 메말랐을까.

늙는다는 것은 무엇일까.
회한만 쌓이고 쌓이는 것일까.
젊었을 때처럼
꿈과 희망과 낭만이 깃든 이야기를
밤새워 하고 싶음이여.

염소에게 라며
초록 풀빛이 은은히 번지는
봄 햇살 같은
편지 한 장이 내내 기다려지는
내 친구여.

컴퓨터를 독학하며

컴퓨터를 배우기 시작하면서
중독처럼 맨 처음 클릭했던 곳은
포르노 사이트다.

포터 갤러리, 너희가 야설을 아느냐
공짜 동영상만 보아도
죽을 때까지, 역사가 죽을 때까지
끝나지 않을 사랑이 널려 있는

컴퓨터 창세기라도
다시 써야 될 이 바다 위에서
나는 밤마다 춤을 추었다.

알몸으로 당당하게
때로는 맛배기로 벌리고 서 있는
저 꽃잎들의 무랑루즈.

안면도 국제 꽃 박람회에 온 듯
아찔한 꽃잎 앞에서
나의 욕망은 에이리언처럼
매일 개침을 흘렸다.

k2봉이나 안나푸르나의 여자들…
…의 무덤 속에서

나의 키워드는 춤추며 침몰했다.
타이타닉 같은 거대한 성욕이 침몰했다.

아아— 그러나 60나이에
밤이고 낮이고 벗길 필요가 없는
여자를 보고, 그런 이 시대의 유희를 하며

오늘 컴퓨터를 배우지 않았으면
모르고 살다 행복하게 죽었을
내 인생, 탄식한다.

서울 황사

중국의 마음을 보여주듯
짙은 안개의 황사가 서울 하늘을 덮쳤다.
지금 서울은 미로다.
황진이 허리 목 돌 듯한
스카이라인도 볼 수 없는
익명의 아니 실명의 도시가 되었다.
학교는 문을 닫고 뜀틀도
운동장도 사라졌다.
넓은 운동장에서 축구공을 좇을 수 없는
아이들은 갇힌 세상에 대해
스트레스가 범죄로 쌓인다.
이 흙먼지가 맑고 고운 살결로 와
매년 이 강산을 뒤덮고
그 땅에 꽃과 나무들이 자란다면
황사 닷새쯤이야 어떠리.
온갖 독소가 들어 있는
조용한 폭풍의 기습.
중동 여자들처럼
베일을 하고 나는 문밖을 나선다.
이렇게라도 살아야 할 것인가.
내 손자들의 미래도
부황난 얼굴처럼 누렇게 떠오른다.

직지사 즉흥

달을 보아라 하니
달은 아니 보고 가리킨 손끝만 본다는
화두가 절 이름이 된 곳에서

숲 속 매미들도 땡볕에 허덕여
치르르 직지 치르르 직지
땀으로 샤워하다 터는 직지사에서

나 또한 대웅전 부처님 예불보다는
그 옆 목백일홍의
넉넉한 그늘이 극락인 걸 어쩌리.

사람살이의 연수로 치면
이 몸도 부처님 될 나이쯤 되었으니
곁다리로 서서
세상 구경하는 것도 서운치는 않으리.

이 그늘 속서 내 이렇게 살다가
부처님 후불탱화 속
보살님들 자리가 혹여 비시면
내 냉큼 가리니. 가서는
불보살되리니.

토마토를 혼자 먹는 법

혼자, 60나이에 혼자 깨어서
벌이 수놓은 토마토를
빠알간 장난감 인형의 토마토를 먹는다.

신혼 때의 달아오른
밤새도록 끄응 끙 달아오른
그대 궁둥이 색깔의 둥그런 토마토를
한밤에 외롭게 혼자 먹는다.

내 인생처럼 구르고 굴러서
20층 엘리베이터를 타고 올라온
토마토.

그대를 생각하며
처음에는 한 입 쿡 깨물어
속살이 드러나도록
사디즘의 깊은 상처를 내고
다음에는 살 냄새 짙은 젖 꽃판을
쭈우으으쭈욱 숨 들이켜고 쭉
빨아먹는다.

심심할 때마다 빠는 토마토즙이 더 맛있다.
혼자서 먹는 토마토가 더욱 은밀하다.
언제나 팽팽한 육질의 토마토를

처음 입에 대 보는 양 탐욕스럽게 먹는다.

그러나 아무리 스스로를 달래며
토마토를 먹어도
토마토는 토마토.
지워지지 않는 외로움은
촉촉이 젖어 있다.

잠 못 드는 이런 밤이면 하늘에서
토마토만한 별들이 쿡, 쿡 내려와
내 외로움에 수정을 한다.

검정 고무신

큰 바늘에 실을 꿰어
여름 한철 신었던 검정 고무신을 깁는다.

이 신발을 신어 본 지도
50년도 더 된 셈이다.
지난 세월에 대한 향수가 밀린다.
새삼 어머님 모습도 그립게 떠오른다.

어린 시절 검정 고무신을 신고
나는 6.25 피난을 갔다.
먼 길이었다. 신발이 자주 망가졌다.

신발이 터지면 밤마다
흐릿한 등잔불 밑에서
촘촘히 꿰매주시던
어머니, 어머니는
세상 저편의 사람이 되신 지 오래다.

길을 걷다 망가진
어린 아들의 신발을 깁듯
생전에 어머니의
물 새지 않는 살림살이의
경영은 얼마나 힘들었을까.

터진 상처를 한 땀 한 땀 이어가며
자식이
산을 넘고 강을 건너기를 빌었던
어머니, 어머니는
세상 저편의 사람이 되신 지 오래다.

유년처럼 신어 보고 싶었던
검정 고무신 한 짝을 들고
어머님 가신 서역 하늘을
노을이 곱게 타는 하늘을 바라보며
마른 눈물 고인다.

아버지처럼

나이를 먹으니 돌아가신
아버지처럼 늙어야겠다는 속셈이
자주 든다.

생전에
뭐했는지 손꼽을만한
일 하나 변변히 없으면서도
아버지처럼 살아야겠다는
믿음은 변함이 없다.

아버지는
태풍이 올라오는 여름이면
초가지붕이 날아갈까 봐
제일 걱정을 하셨다.

이엉이 벗겨져 하늘과 맞닿으면
집안 속내를 하느님에게까지
드러내는 것이니까 안 된다는
주장이셨다.

내 어릴 때 얼음지치다
언 발 시리어 집안에 들어서면
말없이 아랫목 이불 속에 묻어주면서
그 크신 손으로 언 발을 감싸주시던

따뜻함이 여직 내 가슴에 있다.

새학기가 되면
늘 자식들 학비 걱정 때문에
밤잠을 못 주무시고 뒤척이던
아버지.

가을이면 밤 한 톨이라도 까서
햇것의 고마움을 일깨워 주며
입에 넣어주시던
아버지.

마지막 큰 병이 걸렸을 때도
일체 내색을 안 하시고
늘 웃는 모습이셨던 의연한
아버지가 내게 있다.

비록 이름 없이
한세상을 살다가셨지만
가족에게는 할 일을 다한 분이셨다.

암자

조그만 암자였다.
천년을 견딘 마애석불이 있고
그 곁에 소나무가 한 그루 자랐다.

암자에는
노인처럼 심심한 스님 한 분이 계셔
세월 가는 줄 모르고
밤낮 염불을 외고 있었다.

해종일 듣는 보살도 없고
이따금 글귀 어두운 산짐승만이
그 앞을 지나며 보다 갔다.

새는 자기의 노래보다
염불소리가 천연스럽지 못하다고 조잘대고
바람소리는
만물을 흔드는 힘이 없다고 탓했으며
물소리는 오묘한 이치가
못 미친다고 안쓰러워했다.

그런데 소나무만이
조석으로 묵묵히 염불소리를
귀에 담으며 자랐다.

늘 제자리인 마애석불보다
소나무는 더 크게 자라서
그 그늘로 마애석불의 지붕을 이루었다.

무더운 여름이면
마애불에서 스님 공덕이 큽니다
공덕이 큽니다 하는 소리가
늙은이의 귀에도 들렸다.

남장사 목백일홍

꽃들은 작게 피었으면서도
어울려 나름대로
팔월 염천 대낮에
한 채의 절로 불타고 있다.
살아오면서
붉게 핀 꽃들을 많이 보았으나
예 와서 향기 없는
붉음은 처음이었다.
붉음도 아주 순수할 때는
古拙하다는 것을 알았다.
절의 현판 글씨체의
어느 것에서나 느끼는 단순하고
명료한 획이거나
사문 옆을 굽이쳐 흐르는
계곡이 흘림체거나 했다.
또는
남장사 경내를 두루두루 겪어 본
한 여자가 끝물에는
목백일홍이 되어서 그 한 가지로
등을 구부리고 불을 못 이겨
등물 치는 모습이기도 했다.
메밀꽃 핀 들판 같은
흰 등판의 여자.
그 등 위로 툭툭 살을 치며

물줄기가
한번씩 퍼부을 때마다
흐득흐득 흐느끼며
오륙십 년 전의
소녀로 돌아가고 있었다.
그 흐느낌 속에는
온갖 잡 때를 다 씻어내는
시원하다는 말 한마디도 있었다.
아 이 대목에서 저 늙은 목백일홍이
붉게 꽃피운 모습은 결가부좌를 풀고
증손녀 같은 소녀를 껴안은
천연이기도 했다.

미황사 동백

대웅보전은 단청이 없다.
떠받든 기둥은 천년을 늙어가며
햇볕의 색깔이 덧칠되고
스미고 배였다.
이리 아름다운 색을 소경이 아니고는
어찌 볼 수 있으랴.
눈물로 젖어 푹신한, 喪妻한
남정네의 살색 같다.
사내가 벌거벗고 처연히 우뚝 서서
남해의 뻘밭을 바라보는 것 같다.
망망히 바라보다
동백나무도 눈에 스치어,
몇 백 년 된 동백나무의 칠칠한 잎과
꽃들도 눈에 스치어서
한 오륙백 살쯤 먹어 보이는
늙은 할멈이 꽃보드키 아기를 낳는 경사도
눈에 스치어서
소금기가 쓸리듯
너무도 쓰리고 아름다운
그저 멍멍한 시간.
꽃들은 늙은 거나 젊은 것이나
나잇살도 상관없이
서로 엇비슷하게 망울지고 이울고
마침내 피멍진 눈망울로 핀

동백꽃들은 시나브로 시들다
뚝뚝 떨어져
떨어질 때는 뚝뚝 떨어져
가을 한낮을
대웅전 부처처럼 눈두덩이 붓도록
그저 울다.
공룡 발자국만한 눈물로
바위가 푹푹 파이는
땅끝마을에서
그저 멍멍한 시간을 울다.

활발발화두

속인인 이 사람이
승방에 들어 부처님 몰래
술 마시며
火潑潑 불타오르고
공양 때가 되면
화장실에서 개고기를 삶아
희희낙락
계집과 더불어 서로 먹여주며
花潑潑하는 동안
큰스님은 속세에 나가
계집을 앉히고
그 궁둥짝 한번 좋구나
화엄이구나 하며
花潑潑, 火花潑潑
웃으시다 입 째시고
거기다 독한 술 몇 잔
입에 털어 넣고
곡예사처럼
火潑潑하시니
속인 생각에는
큰스님이나 저나 비슷한 거
같습니다만
속인은 속인인 까닭에
어쨌거나 큰스님 오래 살아 게시소

덕담 한마디쯤은 보태고 싶습니다.
스님께서의 속생각은
어뗘하신지요.
속인인 저의 이 짓거리는
어허 이 놈 행실 보게 이고
스님 경우는 하는 무엇입니까.

話潑潑, 話潑潑

아내의 오십견

병명에 맞지 않게
아내는
육십이 넘어서야 오십견이 왔다.

등이 가려워도 등을 긁을 수 없는
팔 때문에 대신 내가
아내의 등판을 씻어준다.

신혼 때는 무한한 그리움이었던
그리움의 벌판이었던
생명이 넘치는 땅이었던
초록 냄새가 나던,
온갖 꽃들이 심장을 펄럭대던
어떤 찬사로도 미진하던
아내의 등을 씻어준다.

이제 우리들 인생에서 겨울은
어떻게 오는가
폭설이 퍼부을
하늘을 쳐다보지 않아도
나는 짐작한다.

쓸쓸한, 말없이 쓸쓸한
그리움도 사랑도 다 지워버리는

등을 가볍게 쳐도 동굴처럼 텅텅 울리는
깊디깊은 칠흑의 심연 속으로
허공에 빠지는 것 같은
아내의 등을 씻으며
나는 느낀다.

일생 아내의 등받이 노릇을
제대로 못한 아픔이
겨울 강물처럼 가슴 밑바닥으로
밑바닥으로 차고 시리게 밀린다.

노숙자의 잠

가끔 비원 앞을 지나다 벤치 위에
노숙자가 누워서
세상 놓고 잠자는 것을 본다.

아기의 잠자는 모습이
세상에서 가장 아름답다고는 하지만
가진 게 아무것도 없는 자의
잠자는 모습은 臥佛이다.

쨍쨍한 무더위지만
여름의 숲 속을 내리는 햇살은
볕을 지우고
그늘 빛만 남기어
낮잠 자는 자의 몸에
삼베 홑이불처럼 덮이었다.

임금님 계시던 궁궐터에서
마치
삼각산을 베개 삼고
사향각씨 안아 누워 잠시
눈 붙인 듯한 모습이여.

찢어진 양말 사이로 삐져나온
엄지발가락 하나가

너무나도 행복해서 말갛다.

세상 겉치레를 훌훌 털어버리고
나도 저같이 자고 싶으면서도
마음뿐
그냥 지나치는 체면이 부끄럽다.

연구실의 실내화

내가 처음 대학에 자리 잡을 때 아내는
실내에서 구두만 신으면 답답하다고
실내화 한 켤레를 놓아주었다.

더러는 연구실에서
신었다 말았다 한 적은 있지만
내 발의 일부이려는 듯
내 발에는 없어서는 아니 될
20년 세월이었다.

신발은 닳는 것이라지만
20년 수명을 놀랍게도 나와 함께하고
마침내 정년을 같이하게 되었다.

외출이라고는 고작해야
연구실에서 화장실까지 삶이었던
실내화의 인생이
연구실을 비우면서
눈에 띄었다.

무심코
쓰레기통에 던져버릴까 했다가는
아니지 때 묻은 채로
20년 내내 신고만 다니며

목욕 한번 시키지 못한 것이
마음에 짐이 되어 집으로 가져왔다.

좀생이 영감 다 되었다는
마누라의 핀잔도
상관없이 가져왔다.

구용의 귀

늙어갈수록 구용의 귀는
보청기를 끼고도
안 들리는 귀다.

보청기를 귀에
달고 산다는 것은
사람들의 말소리를
잘 들으려는 것만이 아니라
바람소리 새소리도 들어
마음속에 새기며
세월이 흘러가는 이치도
보고자 함인데

구용의 귀에 꽂혀진
보청기는 사람과의 말담에서는
잘 들릴 때도 있고
아주 캄캄 먹통이기도 하다.

기분 좋고 선한 얘기의 대목에서는
상대편의 말수가
보청기 없이도 강물 흐르듯이
흐르거나 그것도 그냥 흐르는 게
아니라
제법 이야기 장단에 맞춰서

옳지, 그렇지요, 그렇구 말구요 하는데
잘 나가다가도
좋지 않은 어귀에서는
뭐라구요, 뭐요, 잘 안 들려요 하면서
보청기를 찾는 귀다.

이럴 때의 보청기는 잘 들으려는
보청기가 아니라
보청기로 수신불능이 되도록
아예 귓구멍을 막아버리겠다는
보청기다.

모자

갖가지 색천으로 만든
퀼트의
모자를 비뚜로 쓴
모네풍의
당신은
늙어서
꽃바구니를 인 것 같소.
깔깔깔
대학 정문을 나서는
소녀애들의
방귀 냄새가 밴
방석자리와
포도주빛으로
포도주빛으로
붉고 희게 내려 쬐는
봄 햇살과.

자연의 계산법

세월은
어쩔 수 없이 흘러가더라도
정년퇴직을 하고서는
거추장스럽게
나이를 따지지 않고 살기로 했다.
여든 살의 촌로 앞에서도
나도 같은 띠 동갑이라며
수더분하게 말수를 터 어울리고
초등학교 교문 어귀에서 만난
열 두어 살 아이들이 간혹
할아버지 나이 몇이세요 하면
열 두어 살쯤 됐다며
그저 상하 고저 좌우 없이
무불통지로 편하게 놀기로 했다.
연장 노인들과의 나이 저울질에는
삼단뛰기하듯 건너뛰어도
벌 허물없이 곧잘 허교가 되는데
어린애들은 세상 물정과 셈이
너무 뻔해서
대뜸 에이 할아버지 치매세 한다.
늙으면 아이가 된다는
자연의 계산법을
저 아이들은 모르기 때문이다.

입춘설

모든 초록들에겐
원폭투하 후 몰아치는
바람이고
폭설이다.

노오란 산수유꽃
철 맞춰 필 때
피었지마는

제명대로
한 목숨 잇지 못하고
눈이 와
어떤 것은
죽거나 살거나 한다.

사람 팔자도
저와 같다.

자연

해비 갠 후
누군가 밟고 지나간 신발 자국에
빗물이 괴었다.
그 쨍쨍한 고요 위로
어디서 왔는지
소금쟁이 하나 뜨고
구름이 손바닥 스치듯 지나가고
바람은 물의 피부를 벗기려 하였다.
하찮은, 누구도
눈길 한번 주지 않는 물 위로
자연을 그렇게 흘러갔다.

엿 한 덩이

아내는 등외로 하고
첫 손꼽히는
내 애인의 최상층 위의 여자는
이런 여자였다.
마포 최대포집 근처에선가
그 집에선가 거나하게 잘 취해서
비틀거리며 걷는 데이트에서
몸도 마음도 흔들리는 데이트에서
아아 새 잎 파릇한 봄이었던가,
여자는 가로등에 비친
초록 잎들도 어마 이뻐라, 아이 이뻐라
한 발짝 뗄 때마다
손뼉 치다가
그 사랑도 모자랐던지
내 노상방뇨의
긴 오줌 줄기를 등 뒤에서 보다가
그것마저 경천동지로
이뻐라,
와락 달려와서는
오줌 누는 내 등 뒤에서
와락와락 껴안는 여자였다.
극락으로 가던 내 오줌도
부처님 같은 내 오줌 줄기도
마침내 이 대목에서는

흔들흔들거리게 한 여자였다.
나는 이 여자 생각하면
늘 웬일인지 은은하면서도
투박한 엿목판에서
탁탁 쇳소리도 맑게 떼어주는
엿 한 덩이가,
그것도 유년의 엿 한 덩이가
떠올려지고 있다.

강 같은 슬픔

살이 불타서 허물어져 내린
단풍나무 아래서 하늘을 보니
스무 살 적 사랑했던 까뜨린의 눈동자처럼
하늘은 서럽도록 슬프게 텅텅 비어 있고
아아, 어쩌면 좋아
서럽도록 텅텅 빈 것이 보이는
이 가슴을 어쩌면 좋아
땅바닥에는 흥건히 적셨던 핏물도
어느새 마른 핏자국
한번은
양지바른 땅에 꼭 묻어주고 싶었던
까뜨린의 살점 같은
낙엽 단풍
살이 불타서 허물어져 내린
이 강산의 가을은
굽이굽이 강 같은 슬픔으로
무너져 흐른다.

하늘을 보며

남산에 올라서도
별들이 더러 흐리고 뿌옇더라도
반짝인다고 탱글탱글하다고 말해 주자.

이집트 기자 피라밋에 와서
하늘을 보며
나는 세상의 보고 싶은 것들을
다 볼 수 없는 행복을 알았다.

모든 일에
그만하면 되었다 라고
스스로 한계를 지으시던
외할아버지의 얼굴이 떠올랐다.

세상은 늘 아쉽고 그립게
떠나는 것이라는 걸 알았다
그러면서도
단풍으로 괴로웠다.

요양 1
—가마소에서

1.
굽이굽이 구불구불
또 굽이굽이 구불구불
다시 휘어져 구불구불
위암 걸린 내 인생처럼
비포장으로 돌고 돌아서
우툴두툴 끝난 곳.
왔던 길도 모두 막혀버리고
우울한 초록 그늘이
하늘마저 덮어버렸다.

2.
새도 귀양 사는 곳
나는 요양을 한다.

3.
하루 종일 있어도
달포를 지내도 물소리,
바람소리와 새소리뿐이다.
사람소리가 끊겼다.
사람도 고요해진다.
그런 데 내가 있다.
새처럼 흰 알약을 쪼며 있다.
하루 종일

하늘 한번 보고
하품 한번 하고
그러다 크게 뭔가를 그리워하며…
기막히게도
그런 데
내가 있다.

요양 2

수렴동 계곡에서
돌 하나를 만났다.
한쪽 끝이 뾰족한 게
산을 닮았다.

큰 돌이 아닌데도 들기에 힘이 부쳤다.
하루에 조금씩
영시암 근처에서 백담사까지
힘만큼 옮기기로 했다.

4킬로의 산길을 오가며
말 없는 돌 하나에
정이 들었다. 차마
사람에게 못하던 말도
돌에게 했다.

계곡을 오가며, 시정처럼
쓸만한 돌들이 없다는
투정도 돌에게 했다.
그러면서 며칠을 돌을 옮겼다.

하찮은 막돌도 정이 들면
오래도록 변치 않고
곁에 있어주겠지 하는

마음이 일었다.

저 돌도 밤낮으로
계곡 물소리를 들으며
굳어졌겠지, 사람처럼
觀水淸心인 마음도 눈치 챘다.

잔칫날 맞듯이
백담산방에 돌이 왔다.
돌은 산이다. 한 채의 극락보전이다.
돌의 정상에
은은히 아미타불이 비치기 시작했다.
분명 돌인데도 아미타였다.
아픈 늙은이 눈에 저만큼 보고
기쁠 수 있는 것도 흔치 않다.

선유도

섬이 산이다.
바다인데
바다는 보이지 않고
산들만 솟아 있다.
그래서 선녀들이 내려왔다.
혼자 있기엔 바다가
핫바지처럼 너무 커서
갈매기 울음소리도
산새처럼 듣는다.

해인사 사랑

산골을 돌고 돌아간
심심산천에
어이 바다 이름을 가진
절이 있지요
바다에 띄운 배 한 척이 있지요
절이란 고래부터
절하는 집이란 말씀인가요
무릇 중생들은 다 그 바다에서
노는 물고기들인가요
또 바다 인장이란 뭐지요
너희들은 다 내 자식이다
부처께서 핏빛으로 찍어준
마음 도장인가요
가야산 단풍 들어 살점 붉은 날
해인사 근처 모텔에서
바다처럼 출렁이는 제 몸 위에서
어지럽게 한 사내가
밤새도록 팍팍 찍어준 이 도장은
무언가요
가야산 단풍빛의 제 몸의
멍들이
바로 해인인가요
여기 와선 부처님 말씀보다
그 짓하고 가라 함인가요.

돌탑

1.
계곡에서
한 스님이
돌탑을 쌓는다.

쌓았다
헐었다
탑을 쌓는다.

헐으면
돌이요
쌓으면
탑인 것을

쌓아도
돌이요
헐어도
돌인 것을

가까이서는
탑이요
멀리서는
사람인 것을

오늘 올린
탑이
내일을 갈까
천년을 지킬까

스님은
흐르는 구름
한 자락에도
무심인 채
그저 돌탑을
쌓는다.

2.
계곡에선 탑이
물 따라
천 리를 흐른다.

혀를 뽑힌
불이었던 가슴을
포크레인 중장비로
몽땅 뜯어낸

천형의 돌의
껍질을
벗고 싶었다.

아무에게도 말 못했던
천 근의 죄 덩이를
이제는 바람의
물줄기로 풀고 싶었다.

시원하게 족쇄를 풀고
예수 그리스도처럼 발을 씻고
옥문을 나서

한 발짝이라도
하늘이 허락한다면
그녀 집 앞에 엎드려
하늘이 파아랗게 젖도록
목 놓아 울고 싶었다.

칫솔을 입에 문 듯한
목소리로
하이얗게 이빨을 닦은
입술로 포말지며
흐르고 싶었다.

천천만만리를
제자리에서
돌이 흐른다.

백담사 사계

1. 겨울

돌이 많아야
더 오묘해지는
물소리도 입술이 얼었다.

얼음장이 터진다.
골짜기가 쩌엉쩌엉
사천왕상처럼 얼은 입은 벌린다.
골은 바람의 일방통로다.

전직 대통령이
지나간 역사 때문에 예까지 와서
새벽마다 참회의 장작을 팬다.

도끼가 허공에 춤추며
내려올 때마다
독이 서린 햇살이 묻어난다.

참회보다 죽일 놈이 너무
많은 것이다. 불경이 소용없다.
죽일 놈의
모가지가 장작이다.
댕강댕강 빠개져 나간다.

산이 그 소리에 부르르 떤다.
메아리가 되어 퍼지는 종소리처럼
시퍼렇게 질린 아침 햇살이
온 산골짝을 울린다.

계곡의
물은 다 얼어 있고
돌만이 옹이진 마음으로
남아 있을 뿐이다.

한이 돌처럼 지천이래도
물이 풀리지 않고
소리가 되지 않으면 소용없다.
백담사는
겨울이 유난히 춥다.
흰 머리 세도록 겨울이 춥다.

2. 가을

절 문 앞에서는 물소리도
관세음보살, 관세음보살
스님의 독경소리로 흐른다.
단풍 디 물들고 어느새
참새 떼처럼 낙엽이 휩쓸린다.
불쌍하다. 순리다.

이 물가에서 내 제자아이
하나가 죽다 산 적이 있다.

폭포 아래로 떠내려가는
작은 그릇 하나를 주우려다
그만 저승까지 흘러 들어가다
나무관세음보살, 나무관세음보살
스님 독경소리 때문인지
살아난 적이 있다.

그런데 내 제자아이는
부처님 마음을 제대로 읽지 못하여
몸을 함부로 굴리다가 간암으로
이 세상을 뜨고 말았다.

백담사 계곡물이
이 아이를 기억하여
염불소리라도 해 주었으면
좋겠다.

이 가을날
계곡에는
돌탑 하나 쌓는 이 없다.
적막강산이다.

3. 여름

계곡은 물이다.
물이 있으니 이런 일 저런 일
다 씻겨나가고
돌탑도 쌓아진다.
한 무리의 아이들이
이 물에 와서
발을 담그고
물장구치고
하룻밤을 자며 물소리가
머릿속을 흘러들게 하였다.
그 물 속에는
조선시대부터 중생들의
소망을 들어주던
아미타 삼존불상의
잘생긴 귀도 있고
만해 한용운 큰스님이
삭발하고 흘러버린 머리카락도 있고
골프에 우승한 장정
샴페인 세례를 받는 장정도 있다.
솟구쳐 오르는 샴페인 같은 폭포도 있다.
아아, 물소리가 아이들
머릿속으로 흘러들어가는 밤이면

하늘에는 옥돌의 청아한 별들이
삼태기로 내려와
7층 석탑과 부딪쳐 바스라지는
소리도 들리고
낮이면 물빛조차
옥빛으로, 옥빛으로 흘렀다.
물은 소리 없는 것들의
소리 있음을
다 제 것으로 하고 있었다.

4. 봄

물이 있어 큰 절이 되었다.
갓 득도한 스님들이 도 닦는
禪院도 이만한 곳은 드물 터이다.

백담사다.
아침 공양 후 산책길에서 만나면
합장을 하는 스님들은
갓 피어난 여린 싹들 같다.
밀짚모자를 한결같이 쓴 스님들은
스칠 때마다
초록 풀잎 냄새가 난다.
계곡은 금강산 구성동 골짜기보다

더 깊고 웅장하다.
수렴동 계곡으로 뻗쳐오르는
물소리는
단연 이 나라에서 제일이다.
물소리는 봄이면 어져녹져하다가
농울져 굽이칠 때는
국창 이화중선이다.
북채를 잡고 휘몰이 장단으로 몰아치며
가슴을 둥둥 치고 싶다.
아니다. 왈칵 가슴이 막혔다,
터져 나오는 목이 쉰 듯한
이동백의 창도 저 물소리에 떠 있다.

때로는 더러 시집갔다
못살고 되돌아오는 누님의
기인 신발자국 소리도 있지만
그것조차 계곡에선
조잘조잘, 재잘재잘 다 열아홉이다.
상쾌하다.
물과 돌이 서로 손뼉을 치며
합장을 한다. 봄은 봄이다.
늙은이에게도 봄은 봄이다.

하루

맑고 고요하기로는 승방 같은
햇살 속에서
아침 이슬로 눈뜨이어
무슨 할 일이 없나 궁리하다가
휘적 휘이적 새 부르듯
맨손체조로 온몸을 풀어 보는 하루다.

골은 깊고 계곡 물소리 청량한
이 칠칠한 초록 그늘의 숲에서
낮잠 한숨도 풀벌레 소리에 깨이어
무슨 할 일 없나 생각하다
가진 것 다 털어버리고 그저
한 두어 번 깊이 심호흡해도
넉넉하다고 마음먹는 하루다.

이승을 떠나는 친구를 동무 삼아
당도한 고향 길 어귀에서
어느덧 나도 모르게 해도 저물어
돋아나는 별들 보며
무슨 할 일 없나 손꼽아 보다
내 생애 다시 이런 날이 있을까
살아 있는 아픔이 너무도 생생하여
온몸으로 왈칵
눈물덩이를 만드는 하루다.

항구에서

어떤 배든지
선착장에 밧줄을 풀은 배들은
다 평화롭다.

만선의 꿈에 젖으며
한잔 술에 취한 뱃놈처럼
비어 있음의
행복으로 출렁인다.

어머니의 품안처럼
편안한
숨소리가 들린다.

그 항구 어디를 가나
늘 기다리는 자의
비릿함이 있다.

먼 바다에서 귀향하는
자기 배는 무슨 재주를 지녔는지
귀신 족집게로 알아내는

항구의 아낙네들은 모두가
풍선처럼 부풀어진 통바지를 입고
생리통의 비린내로 절어 있다.

그 냄새 속에는
세상 파도를 억척같이 타고 넘는
일심동체의 행복이 있다.

항구에 뜬 배들은
다 같으면서도
다 다르듯이

우리 사는 일이 서로 엇비슷하지만
조금은 나만의 소금기에 절은
비린내를 갖고 싶을 때
난 항구를 서성인다.

부두에서

막소주 한잔 얻어 마실 셈으로
부두거리를 어정거리는
고향 친구를 만나
목로주점에 불러 앉히고

술잔을 놓으니
비로소 고등어 등 빛깔의 바다가 보이고
항구를 드나드는 배들도
형님이나 아우처럼 정겨웠다.

부두에서는 모두가 이웃이었다.
토박이도 어제 굴러들어온
나그네도 없었다.

남발이하는 사내를 따라왔다는
주모를 불러 앉히니
계집에게서는
구수한 꽁치 굽는 냄새가 풍겼다.

부두에 오면 가로등들도
홍등가의 불빛처럼 얼굴이 불콰하고
주모의 비릿한 개짐 냄새도
코끝에 달았다.

계집은 한잔 술을 팔아줄
손님이 든 게 그리 좋은지 그저
이 말 끝에도 히어연
저 말 끝에도 허어연 이를 드러내며
그냥 파도처럼 웃는다.

바닷가에 나온 사람들은
하나같이 긴장이 풀려 저녁 한때의
어판장을 어슬렁거리고

나는 한잔 술에 취하여
바다처럼 울렁여가며 어디든
떠날 수 있는 항구가
내 곁에 있는 행복에 기대 본다.

생밤 깎기

추석 때가 되면
아버지가 그러했듯이
나도 제상에 올릴 생밤을 깐다.

매년 보면 조상에 올릴 밤 깎기는
아버지 담당이었듯이
나도 왜 남정네들 몫인 줄도 모르고
명절이면 그저 깎는다.

어릴 때 아버지의 밤 깎기를 보면
하도 예술적이어서
우리가 흔히 이목구비가 훤한
아이들에게 쓰는 말
'깎은 밤' 되어 나오는 게
하도나 신기해
턱 밑에 앉아 보고 있으면
아버님은
아버님 고향 온양에서는 이런 밤 깎기를
'퇴친다' 라고 말씀하신 기억이 있다.

퇴치는 밤 깎기는
밤의 겉껍질을 벗기고
속껍질을 그냥 깎는 것이 아니라
대충 손톱으로 밤의 치수를 재고

눈대중으로 가늠하여
박가분 같은 흰 살결이 나올 때까지
밤털을 칼로 탁탁 쳐내는 것인데

어느 해 명절인가 밤을 깎다가
무뜩 느닷없이 아버님이 일러주신
'퇴친다' 라는 말이 떠올라서
국어사전에 있나 찾아봐도 아니 보이고
마침내는 가까운 충청도 친구
몇몇에게 물어봐도 고개를 저어서

하도 까마득한 소시적 일이라
혹시 '퇴' 가 아니고 '토' 였나 뒤져봐도
역시 없었다.

그 궁금증은 나에게는
일생을 두고 풀지 못하는 수수께끼여서
해마다 명절 때가 되면
참 이상하다
뭐였지, 뭐였지 수없이 되새기며
오늘도 생밤을 깎는다.

가래

어디선가 아무 죄도 없이
툭 떨어지듯
떨어지는 것도 자연이던
가래 두 알이
내 손아귀에서 살아 움직인다.

드릴로 시멘트처럼 굳어져가는
내 말초혈관을 뚫기 위해
우주인의 머리가 이빨을 간다.

이제 만지는 것도 늙었다.
돌처럼 되었다.
그래서 말똥구리마냥
굴리기로 했다.

심심파적으로 살아가듯이
틈틈이 소리나는 두 개의 눈알을
손바닥에 놓고 굴리다가
또 심심할 때면
드륵 드르륵 코골이가 한밤인
머리를 손바닥에 놓고
굴리고 한다.
보고 생각는 것에
아직은 치매 소리를 듣고 싶지 않은
미련이다.

인생의 죄

정년하고
이제껏 일한만큼 열심히 쉬자고
쉬긴 쉬더라도, 쉬는 거도
무슨 재미가 있거나 맛이 있어야지
물에 술탄 듯 술에 물탄 듯
그게 그거여서
혀와 목이 타들어가는
갈증 끝에 축이는
한잔의 물맛 같은
심심함의 참맛을 깨치기는
애초부터 글러서
거침없이 하이킥!
컴퓨터 속 포르노 사이트에 들어가
눈 공양으로 헤매다 보니
'심심하게 보내는 것도 인생의 죄' 라는
문자가 뜬다.

터키 기행

1.
노을이 잔잔히 번지는 파묵칼레의
헤라클레스 원형극장에
길 잃은 양 한 마리 헤매며
그 옛날의 비극 배우처럼 슬피 울었다.

2.
미로와 같은 항구의 골목길을 돌다 만난
무슬림의 개에게 빵 한 조각을 주었다.
개는 버스를 타는 큰 길까지 와 작별을 했다.
그 물끄럼한 눈동자를 잊을 수 없다.

3.
마을과 마을 사이에 길이 있다.
유선전화 같은 시골길.
사람들은 그 길을 통해
보스포러스 해협 같은 정을 나눈다.

4.
천만 평의 밀밭길이 하얗다.
새들만이 그 위에 눈발자국을 찍는다.
점자식 천국의 암호 같은 실크로드.
새가 되고 싶은 영혼들이 다니던 길이다.

5.
보스포러스 해협을 건너는 다리 밑
베이베르베이 술탄의 여름 별장은
바다 갈매기의 데이트 장소였다.
술탄들의 땀 냄새는 박물된 지 오래고
새들만이 모여 이슬람 악기를 탄다.

6.
안탈리아 해안 공원에 앉아
눈 덮인 먼 산을 바라보며 심호흡을 한다.
들이쉬는 숨결에 성큼 먼 산이
지중해 푸른 물결을 건너왔다가
내쉬는 숨결에 냉큼 제자리로 돌아간다.

7.
아직도 율리시즈가 턴 배 흰 척이 _스르르_
마르마르 內海의 물결을 헤치고 올 것 같다.
베일에 가린 이슬람 여자를 닮은 바다.
신기해라. 안개의 비밀스런 꿈도 젖지 않고
지금 지중해는 쾌청이다.

유적지에서

별들이 돋을 때까지
유적지의 아이들은 공을 찬다.
공은 타임캡슐처럼 날아서
로마시대의 돌기둥에 와 부딪친다.
돌들은 역사의 기억들을 다 담고
침묵하는 화석들이다.
아이들의 천진한 유희에 굴복한
유적지의 이름 없는
돌들이 끙끙 신음소리를 낸다.

저무는 유적지에서
사이프러스 나무들은 하나같이
철학자다. 고요히 명상에 잠겼다가
아이들이 문 두드리는 듯한
공차는 소리에 깨어난다.

주변에는 뼈대만 남은 도서관과
(책은 이미 사라진 지 오래다.)
미성년자 출입금지인
사창가 문 앞의 신발 모형과
(세월 가기만 기다리던 호기심
많은 아이들도 다 재가 되었다.)
칸막이도 없이 가지런히 국제적으로
만든 화장실과
(가장 진실했던 똥들의 향연)

도굴당한 석관들이 널려 있는
길들을 본다.
멸망 앞에서 평등했던
지난날들을 본다. 멸망 앞에서 길들도
힘을 잃고 꼬부라진 노인 같다.

아이들은 뿔뿔이 흩어져 집으로 가고
떠오르는 슬픔이 별이 되어 돋는다.
지상은 별이 돋아 더 적막하다.
어디선가 반쯤 선무당이 다된
미네르바의 울음소리 들린다.
이제부터 남모르게 잠들었던
유적지의 꿈들은 깨어서
새벽이 올 때까지 일제히 깨어나서
그 옛날 신전에 바쳐졌던 이름들과
바다와 산을 넘었넌 발굽소리와
부상당한 병사의 아우성과
이 모든 것을 모아 일으키려고
창과 칼을 들어 보지만, 그것은 하나의
허무일뿐, 노래마저 끊긴 할렘일 뿐이다.
모든 유적지의 돌들은
태양이 떠오르면
빛 속에 하얗게 드러나고 마는
재건축되지도 못하는 역사의
영원한 허무임을 깨닫는다.

아우슈비츠 풍경

1.
아침에 눈을 뜨면
햇살이 맑게 피어오르고
만나는 사람마다
저절로 좋은 아침이라
인사를 나누고
맑은 공기로 서로서로가
마주보고 힘껏 가슴을 펴고
흰 이가 드러나도록 웃을
그런 마을에
아우슈비츠 수용소가 있다.
인적이 드물어
무엇보다도 사람 냄새가 그리울 땅에
사람을 만나면 따지지 않고
그저 동물적 반가움으로 비벼댈
마을에
인간 도살장 아우슈비츠가 있다.
사람의 머리털로
매트리스도 만들고
사람의 살가죽으로 핸드백도
만들었다.
상상도 못할 상상할
일들이
일어났다.

2.
아우슈비츠 녹슨 철조망 밑에
한 떨기 야생화가
생명이라는 이름으로 피었다.

물빛 탁하고 바람소리 산란해도
꽃들은 한결 제빛으로 아름답고
선명했다.

아돌프 히틀러의
'마인 캄프' 의 꿈과 열광이
아이히만의 광기와 몰락으로 이어진
땅에서 생명의 극치를 보여주는
꽃이다.
만일 나치의 세계 제패가
승리로 이끌어졌다면
이 막사의 한 떨기 이름 없는
야생화는
무슨 이름으로 노래되었을까.

심심산골 같은 철조망 안에 핀
꽃은 안네 프랭크의
가녀린 영혼처럼
오늘을 외롭게 증언할 수는 있었을까.

무명이면서도
역사의
무대 위에서 쓰러진
유대인의 넋이 담긴 꽃이여. 피여.

아우슈비츠 유대인 수용소에서 만난
꽃이 오늘 우리가
어떻게 살아야 되는지를
일깨워주고 있었다.

늙어갈수록

한때 멋스럽기로는
서울 여자 뺨친다던 여편네가
늙어갈수록 촌티가 흐른다.
누가 강원도 여자가 아니랄까 봐
말끝마다 더럭더럭 '강원도래요' 를
달고 산다.
하도 투박하고 촌스럽길래
아내 흉내를 그대로 내면
'참으로 별스럽데이
강원도에서 태어난 여자가
그렇지 어드래요' 한다.
이 대목에서 늙어갈수록
별이 흐르듯
고향으로 가는
아내의 마음을 나는 느낀다.
뭬일이 별[星]일이 됨을 나는 안다.

오줌

프로방스 지방이었다. 지나다 한 여자가
두서너 살 된 어린애의 바지를 벗기고
오줌을 뉘는 광경을 본 적이 있다.

에미는 아이의 뒤켠에서
오줌이 새지 않는지 지켜보고
손위 누이는
따스한 햇살 속에서
눈부신 듯 동생의 오줌 줄기를
보고 있었다. 마치 음악을 듣는 듯했다.

프로방스 지방이었다.
포도 수확이 끝난 시골길을 가다가
한 늙은이의 소변 보는 모습을 보았다.
어머니도, 손위 누이도 없었다.
돌봐줄 마누라도 없었다.

휠체어에 의지해
어렵게 오줌을 흘리고 있었다.
햇볕은 예대로인데
오줌발은 힘이 없고
옛날의 황홀하던 음악도 죽어 있었다.

예전에 보았던 오줌 누던 아이가

저 늙은이일 수도 있다는 상상을 했다.
서글프게도 인생의 한 길목에서
맞닥뜨린 명암이었다.

이과수 폭포 앞에서

악마의 목구멍 속으로
곤두박질치는
인생이다.

지나온 세월을 모두 모아서
왈칵 울음으로 토한들
어이 이 물벼락보다 클 수 있으랴.

대박에, 일확천금의 꿈꾸며
전 재산을 털어 산
주식은 코도 못 풀을 폐지가 되고

어떻게 살거나, 어찌할거나
한숨만 쉬다가
하루아침에 거덜난 내 인생은
바닥을 치고 일어나
빈손 털터리로 흐르는 물
이과수 앞에 섰다.

쿵 쿠쿠쿵 폭락하며 떨어지는
저 물소리 속에는
천길 석벽에 수없이
이마를 찧으며 죽고자 했던
내 신음도 스며 있다.

어쩌다 이민자의 땅
브라질까지 와서
흐르는 물소리가 되고자 해도
그 물을 따라가다 보면

어느새 곤두박질치며
머리를 박는, 머리가 박살나도록
허옇게 산산 부서지며
二過水하는 내가 있다.

별

아내하고 다투고 나온 밤이면
하늘나라에 가서
별들의 틈새에 섞인다.

별들의 공원 벤치는
소곤소곤 귓속말하는 연인들로
늘 따뜻하고

남들은 어떻게 사나 방문한
가정집에는
다정한 눈빛의 아내와
아기 천사가 잠들어 있다.

나는 왜 저리 못사나
별들 속에 들어가 같이
이마를 맞대다 보면
좀 쏜 담요의 숭숭한 내 가슴도
어느덧 하나의 별이 된다.

저 하늘 끝 별들이 학교에서
다투지 말자, 사랑해야 한다
한 수 배우고 휘파람 불며 돌아오는
사내가 된다.

별은 내 인생의
꿈을 묻어둔 곳이다.

큰 정신의 살맛과 시맛

박제천(시인)

1.

처음에 강우식의 신작시집 발간 소식을 듣고 약간은 놀랐다. 『강우식시전집』이 출간된 지 불과 한해만의 일이다. 천성 야인 풍의 시인인지라 그의 활력은 이미 알고 있는 터이지만, 근래에 병고를 겪어 아직도 쇠잔한 인상을 풍기던 차였으니 무슨 기운 으로 새 시집을 내는가 걱정되어서였다.

『강우식시전집』은 2007년 2월에 상재되었다. 1966년 현대문 학에 등단한 이래 발표해 온 40여 년의 시작품을 성균관대 시 학교수 정년에 맞추어 중간 정리한 것이다. 시인의 스승인 미당 서정주도 67세에 문학전집을 펴내고, 20년 만에 전집을 보유, 재출간하고도 잇달아 새 신작시집을 내었으니 이들 사제에게 전집은 종점이 아니라 전환점인 셈이다. 시인의 말인즉 이 시집 은 50대 중반부터 시작해 온 '노인시'의 연작이라 한다.

강우식은 첫시집 『사행시초』부터 이번 시집에 이르기까지 매 시집마다 4행시나 주제별 장시나 연작 형태를 내세울 만큼 시 집의 주제나 형식을 중요시해 왔다. 이번엔 이름하여 '노인시 기(老人詩記)'다. '노인일기'로 시작해 온 연작시를 65세 정년

이후엔 '노인시기'로 개명하였다고 한다. 시인의 머리말에 주제에 대한 글이 실려 있다. 한마디로 줄여 '살맛나는 늙은이'가 '살맛'을 집중적으로 다루었다는 말이다. 여기 인용하지 않은 머리말의 뒤쪽을 보면 '살맛'은 '시맛'과 동의어다. 우리 시에 '늙은이에 대한 맛갈진 시'가 거의 없어서 스스로 그 '시맛' 내는 작품을 써 보기로 하였다는 것이다.

늙은이가 되어 사는 하루하루가 즐겁다. 살맛이 난다는 얘기다. 우리에게 있어서 인간이 인간답게 살 수 있는 가장 근본적인 절대가치는 생명에 대한 문제다. 생명이 없으면 모든 것들이 순식간에 소멸되기 때문이다. 어린애처럼 말한다면 늙는다는 것은 고맙게도 그만큼 생명의 명줄이 길어진 것이요 그러므로 늙는다는 것은 일찍 이승을 하직한 사람보다 더 생명의 가치를 누린다는 의미가 된다. 아직도 죽지 않고 이 세상에 존재해 있다는 늙어감의 눈물겨운 행복이다.
　―〈자서〉 중에서

강우식다운 말이지만 여기서 잠시 강우식의 주제와 형식을 되돌아보기로 한다. 강우식은 '4행'의 형식과 '성'이라는 주제를 한몸으로 삼은 『사행시초(첫시집)』를 한국시사에 선물한 이래 『고려의 눈보라』『꽃을 꺾기 시작하면서』『물의 혼』『설연집』『어머니의 물감상자』『바보산수』『바보산수 가을 봄』등 특별한 주제의 연작시집 8권을 펴냄으로써 우리 시문학사의 지평을 넓힌 시인이다. 그 중에서도 4행시는 강우식이 독자적으로 개발해 등단시부터 20년에 걸쳐 『사행시초』『꽃을 꺾기 시작하면서』『물의 혼』『설연집』등 4권의 시집에 집중적으로 작품화한 형식이다. 영랑의 4행시가 이전에 없었던 것은 아니지만, 영랑과는 그 내용 구조가 사뭇 다르다. 오히려 향가와 시조의 장점을 골조로 삼았다 할 수 있다.
　그러나 강우식이 이름을 날린 것은 정작 형식보다는 내용이었다. 육정의 세계, 육두문자의 세계가 시의 이름으로 우리 시에 나타난 최초의 사례라 할 수 있다. 고려 속요나 근대의 전영경과 같은 풍자시인의 작품에 비슷한 정경이 나타나기는 하지만 오직 하나의 화두처럼 성을 전면으로 다루기는 강우식이 처음이었다. 강우식 이후로 후배시인들에게서 유사한 어법이 나타나기는 했지만 의제나 엽기성 노출증에 불과하니, 아마도 강우식 이후로도 이와같은 세계를 다룰 시인은 다시없지 않을까 싶다. 더욱이 강우식의 육정은 성을 기본으로 하지만, 남녀의 리비도에 한정되는 것이 아니라 인간의 성정은 물론 자연과도 습합하는 독자적 생명체로 진화해 온 특이성을 지니고 있다. 흔히 공자가 천지를 찾아내고 노자가 자연을 내세운 다음 장자가 우주를 완성하였다고 하듯이 강우식도 시에서의 천지자연은 물론 우주의 육정까지도 수렴해 나가는 장쾌한 상상력의 화엄세계를 보여주고 있다.

다시 말해 4행시와 육정은 강우식 시의 출발선에서는 동전의 앞과 뒤라 할 수 있다. 그러나 육정세계를 효과적으로 표현하기 위한 장치로서의 4행시가 오히려 그 육정의 생명체를 거듭나게 하는 태반으로 화(化)하는 기상천외의 변주가 전개된다. 4행시의 태반을 빌어 피와 살을 얻은 육정의 생명체는 진화를 거듭한다. 육정은 정한으로 몸을 바꾸고, 정한은 달관의 경지로 시인을 이끌었으니, 그 달관의 힘이 강우식을 자유로운 풍정과 성찰의 세계에 머물며 '살맛나는 시, 시맛나는 시'를 쓰게 하는 정신의 동력이 되었다고 할 수 있다.

시인이 4행시에서 자유로워지기는 시집 『바보산수』 이후지만, 정한과 달관은 육정과 함께 어울려 시인의 시세계를 이끌어 나가는 변환축이었기에 독자들은 자유롭게 변주된 4행시를 언제든지 만날 수 있었다. 이제 4행시의 형식에 연연하지 않은 채 그 새로운 생명체가 말하는 대로 느끼는 대로 풍정과 성찰의 깊이를 다져 나가면서 강우식은 오로지 '살맛나는 시, 시맛나는 시'를 써나간다. '노인시기'는 그 출발을 알리는 시집이다.

2.

'노인시기'의 시편은 문자 그대로 자유롭다. 화자도 자유롭고, 주제도 자유롭고, 담화도 자유롭다. 화자를 고정시키지 않고 주제에 따라 자유롭게 변신한다. 쉽게 말해 등장인물부터 다양하다. 노년을 65세로 설정한 그의 말대로 노인 2년차가 된 시인 자신의 이야기는 물론 이 세상에 사는 늙은이들의 이야기를 마음껏 펼쳐나간다. 굶어죽은 장모를 안쓰러워하는 사위, 할머니 창녀를 따라가는 파고다공원의 노인, 이과수 폭포 앞에서 절규하는 교포, 좋지 않은 말은 아예 듣지 않는 구용 선생, 절집의 큰스님, 천년 묵은 마애불에 이르기까지 대상을 가리지 않는다. 노인이 하고 싶은 말, 노인이 느끼는 생각을 그대로 전해 주는 것이다. 그 중에서도 나는 강우식 시세계에서 새롭게 뻗어나가는 세 갈래 특장을 눈여겨보기로 했다. 그 하나가 '새롭게 읽어내는 추억 시편'이다. 이 갈래 작품들은 늙은 마누라를 내세운 시인의 사적인 부부 사랑과 부모에 대한 회고가 주종이다. 그리고 이들 작품을 통해 시인이 67세가 이르도록 살아온 삶에의 성찰과 융합, 혼융이 절정의 미학적 성과를 거두고 있다.

서산에 떨어지는
해 같은 인생길.
지기 전에 파도소리나
한번 더 듣자고

아내 손잡아 끌어 온
서귀포.

새벽마다 정한수 떠 놓고

빌어 본 적 없어도

있는 듯 없는 듯 내 곁에 살아준
세월이 고마워서

어쩜 그리 바보처럼 살았누
한마디에

내가 바보니까
당신 인생 편했잖아요.

그토록 기다려 온 난초가
왜 이 대목에서 벙그는지를
나는 아나니.
—〈내 아내 1〉 전문

한때 멋스럽기로는
서울 여자 뺨친다던 여편네가
늙어갈수록 촌티가 흐른다.
누가 강원도 여자가 아니랄까 봐
말끝마다 더럭더럭 '강원도래요' 를
달고 산다.
하도 투박하고 촌스럽길래
아내 흉내를 그대로 내면
'참으로 별스럽데이
강원도에서 태어난 여자가
그렇지 어드래요' 한다.
이 대목에서 늙어갈수록
별이 흐르듯
고향으로 가는

아내의 마음을 나는 느낀다.
뭬일이 별[別]일이 됨을 나는 안다.
―〈늙어갈수록〉 전문

아내에 관한 시 중 두 편을 골라보았다. 순한 말과 물 흐르듯 흘러가는 흐름이다. '아니다./처갓집 세배도 말짱 다 고만두고/햇솜의 이불/그 따시한 구들목에 누워/긴긴 입맞춤하며/솜사탕 같아라, 솜사탕 같아라/좋아하던 때에/내리던 눈이다, 눈이다.―〈강설〉' 강우식이 써낸 가장 아름다운 시의 하나인 〈강설〉로 절정을 이룬 아내 사랑은 이제 더 편안하면서도 직절적인 전개를 보여준다. 미당의 '늙은 사내의 시' 처럼 대가시의 경지에 올라서서 꾸미지 않는 고졸의 세계를 선보인다. 덧붙이자면 강우식의 아내 사랑은 그의 트레이드 마크라 할 육정에 가려 있기는 했지만 그의 첫시집 『사행시초』의 1번시 '내외여, 우리들의 방은 한 알의 사과 속 같다./아기의 손톱 끝에런듯 해맑은 햇볕 속/누가 이 순수한 외계의 안쪽에서/은밀하게 짜올린 속살 속의 우리를 알리.' 에서부터 비롯된 것이니, 그 수원의 넓이와 깊이는 여느 '사랑시인의 시' 보다 융숭한 것이라 할 수 있다.

혼자, 60나이에 혼자 깨어서
벌이 수놓은 토마토를
빠알간 장난감 인형의 토마토를 먹는다.

신혼 때의 달아오른
밤새도록 끄응 끙 달아오른
그대 궁둥이 색깔의 둥그런 토마토를
한밤에 외롭게 혼자 먹는다.

내 인생처럼 구르고 굴러서

20층 엘리베이터를 타고 올라온
토마토.

그대를 생각하며
처음에는 한 입 쿡 깨물어
속살이 드러나도록
사디즘의 깊은 상처를 내고
다음에는 살 냄새 짙은 젖 꽃판을
쭈우으으쭈욱 숨 들이켜고 쭉
빨아먹는다.

심심할 때마다 빠는 토마토즙이 더 맛있다.
혼자서 먹는 토마토가 더욱 은밀하다.
언제나 팽팽한 육질의 토마토를
처음 입에 대 보는 양 탐욕스럽게 먹는다.

그러나 아무리 스스로를 달래며
토마토를 먹어도
토마토는 토마토.
지워지지 않는 외로움은
촉촉이 젖어 있다.

잠 못 드는 이런 밤이면 하늘에서
토마토만한 별들이 쿡, 쿡 내려와
내 외로움에 수정을 한다.
―〈토마토를 혼자 먹는 법〉 전문

강우식 시세계의 두 번째 특장은 '성'에 관한 담화가 초기시
처럼 수사적인 제한이나 주제 일변도를 넘어서서 '성'과 '삶'
의 습합에 주목한다는 점이다. '성'이 곧 '생명'인 시인에게는

너무나 당연한 일이지만, 육정과 풍정의 바다 깊이에서 삶을 퍼
올림으로써 '성' 이 갖고 있는 살 냄새를 삶의 살 냄새로 바꿔내
는 천연스러운 달관과 성찰에 몸을 맡기고 있다. '노인시기' 에
그야말로 '시맛' 을 자아내는 방편이기도 하다.

조그만 암자였다.
천년을 견딘 마애석불이 있고
그 곁에 소나무가 한 그루 자랐다.

암자에는
노인처럼 심심한 스님 한 분이 계셔
세월 가는 줄 모르고
밤낮 염불을 외고 있었다.

해종일 듣는 보살도 없고
이따금 글귀 어두운 산짐승만이
그 앞을 지나며 보다 갔다.

새는 자기의 노래보다
염불소리가 천연스럽지 못하다고 조잘대고
바람소리는
만물을 흔드는 힘이 없다고 탓했으며
물소리는 오묘한 이치가
못 미친다고 안쓰러워했다.

그런데 소나무만이
조석으로 묵묵히 염불소리를
귀에 담으며 자랐다.

늘 제자리인 마애석불보다

소나무는 더 크게 자라서
그 그늘로 마애석불의 지붕을 이루었다.

무더운 여름이면
마애불에서 스님 공덕이 큽니다
공덕이 큽니다 하는 소리가
늙은이의 귀에도 들렸다.
　　　　　　　　　　　－〈암자〉 전문

그러나 세 갈래 중에서도 나는 강우식이 보여주는 이른바 '불교쪽 시편'에 더욱 주목하게 된다. 질풍노도의 삶을 살아온 시인이 그 삶의 조화를 통하여 사리 한 과씩을 만들어내는 '큰 정신'을 보여주기 때문이다. '노인처럼 심심한 스님의 염불소리'가 새며 바람이나 물소리의 타박을 받으면서도 '누군가 귀를 기울여 주는 사람처럼' 귀를 열어준 '소나무'에게서 '공덕'을 이루었다는 이 작품은, 강우식이 스승 미당의 시전집을 발간한 이후의 후기시 연구를 촉구하면서 '사람만이 아니라 자연을 통해서 인생을 보고 삶의 조화성을 이루고자 하는 융합, 혼융의 큰 정신'에 주목하였듯이, 나 역시 시전집을 낸 이후에 써나가는 강우식의 후기시의 정화가 이제부터 시작이라는 특별한 표징으로 여겨진다.

3.

　강우식 시인과 나는 참 오래도록 교분을 맺었다. 그 때문에 나는 이번 시집의 해설을 편안하게 쓸 수 있었다. 해설이 아니라 발문을 쓰기로 한 것이다. 그와 나를 맺어주는 여러 인연 중의 하나가 '구용 시인'이다. 젊어서 한동안 우리는 명절에는 '구용 선생'에게 세배를 다녔고, 모임에서는 으레 '구용 선생'을 주빈으로 모시곤 했다. 아래 작품에 나오는 '안 들리는 귀'

도 그런 모임에서 있었던 여러 일화의 하나이다.

늙어갈수록 구용의 귀는
보청기를 끼고도
안 들리는 귀다.

보청기를 귀에
달고 산다는 것은
사람들의 말소리를
잘 들으려는 것만이 아니라
바람소리 새소리도 들어
마음속에 새기며
세월이 흘러가는 이치도
보고자 함인데

구용의 귀에 꽂혀진
보청기는 사람과의 말담에서는
잘 들릴 때도 있고
아주 캄캄 먹통이기도 하다.

기분 좋고 선한 얘기의 대목에서는
상대편의 말수가
보청기 없이도 강물 흐르듯이
흐르거나 그것도 그냥 흐르는 게
아니라
제법 이야기 장단에 맞춰서
옳지, 그렇지요, 그렇구 말구요 하는데
잘 나가다가도
좋지 않은 어귀에서는
뭐라구요, 뭐요, 잘 안 들려요 하면서

보청기를 찾는 귀다.

이럴 때의 보청기는 잘 들으려는
보청기가 아니라
보청기로 수신불능이 되도록
아예 귓구멍을 막아버리겠다는
보청기다.
―〈구용의 귀〉 전문

'듣기 싫은 소리는 안 듣고 좋은 소리만 골라 듣는 구용 선생의 청력'은 두고두고 본받을 만한 일이 아닐 수 없다. 나 역시 그에 대해 작품을 한 편 쓴 적이 있지만 여기서는 생략하기로 한다. 그보다는 강우식에 대해 짤막하게 쓴 글이 있어서 여기 덧붙인다. 발문의 형식 그대로 인간과 작품을 아우르고자 하는 마음에서다.

―강우식 시인을 처음 만난 게 언제였더라. 『현대문학』에서 시로 처음 보기는 1963년이지만, 군에서 제대한 1970년쯤에나 비로소 만날 수 있었다. 시인은 걱정저이면서도 소탈하고, 다감하면서도 과단성이 두드러진, 한마디로 말해 호탕한 성격이다. 술자리에서 어쩌다 시인을 건드려 볼 양으로 시인의 성격과 고향 주문진을 한데 엮어, '뱃놈'이라고 부르지만 오히려 애칭으로 받아들일 정도다. 강우식 시인은 성균관대, 나는 동국대 출신이다. 학교나 나이는 나보다 연배이지만 인사를 나누자 말자 말도 트자고 나설 만큼 자자분한 것에는 신경을 쓰지 않는다. 시인의 학교 스승인 김구용 시인은 나의 시인 추천 스승인 신석초 선생님을 스승으로 받들었다. 그 때문에 구용 선생은 나를 부를 때마다 사제라고 부추겨 주었다. 젊은 시절에 꽤나 방자했던 나는 그걸 빌미로 심심할 때면 시인을 '조카'라고 부르기도 한다. 대범한 시인은 이 대목 역시 허허 웃어넘긴다.
　시인과의 교분은 그야말로 우리 젊은 시절을 질풍노도 속으로 몰아

넣었다. 한때는 같은 출판사에 몸을 담았다가 한꺼번에 여관방으로 좌천이 된 적도 있었고, 각자 다른 회사에서 일할 때는 원고 뭉치를 들고 여관방을 찾아들기도 했다. 우리는 하루에 원고지 100매쯤 써내기가 예사였다. 시인은 다방면에 문리가 터서, 언젠가는 급하게 만들어야 할 고미술 관계의 원고 천여 매를 여관방에 틀어박혀 보름 만에 집필할 정도로 달필이었다.

시인은 첫인상이나 시세계가 토속적이고 육정적인 천성의 한국 사내다. 시의 길에 들어선 지 40여 년, 정한에 숨겨진 우리네 삶을 정면으로 통과하여 '바보산수'의 달관에 이르른 시인은 다시 그 근원인 '사행시초'의 육감으로 되돌아와 새로운 풍정의 세계를 연출하고 있다. 큰 시인은 언제나 우리를 깨어 있게 한다.

돌이켜보면 격정적인 시인과 건방진 성격의 내가 어떻게 이인삼각인 양 한마음처럼 지냈는지 신기한 일이다. 처음 만나던 날, 땅바닥에 떼구르르 구를 정도로 몸싸움을 했던 일도 기억이 나지만 그로부터 우리는 매사에 뜻이 맞아 반평생을 지내왔다. 가형(家兄)과 같은 친구를 가진다는 것은 참으로 행복한 일이 아닐 수 없다.

나 역시 2005년에 시전집을 내고 두 해 만인 2007년에 신작시집을 내었다. 빠르기로는 강우식을 따라잡기 어려우니, 축하 자리만이라도 빨리 잡아서 신작시집 발간을 기려야겠다. 우리 시단에 노인시라는 한 영역을 보태준 그의 시집 출간을 다시 한번 축하하며 오랜만에 살맛나고 시맛나는 시간을 내게 선사한 강우식의 시업이 노인시 다음에는 또 어떤 주제로 시의 대양을 이루며 우리를 놀라게 할 건지 기대해 볼 일이다.